Growing Up with Tamales

Los tamales de Ana

By / Por Gwendolyn Zepeda

Illustrations by / Ilustraciones de April Ward

Spanish translation by / Traducción al español de Gabriela Baeza Ventura

Piñata Books
Arte Público Press
Houston, Texas

Publication of *Growing Up with Tamales* is funded by grants from the City of Houston through the Houston Arts Alliance. We are grateful for their support.

Esta edición de *Los tamales de Ana* ha sido subvencionada por la Ciudad de Houston por medio del Houston Arts Alliance. Les agradecemos su apoyo.

Piñata Books are full of surprises!
¡Piñata Books están llenos de sorpresas!

Piñata Books
An Imprint of Arte Público Press
University of Houston
452 Cullen Performance Hall
Houston, Texas 77204-2004

Zepeda, Gwendolyn.
    Growing Up with Tamales = Los tamales de Ana / by Gwendolyn Zepeda; with illustrations by April Ward; Spanish translation by Gabriela Baeza Ventura.
        p.   cm.
    Summary: Six-year-old Ana looks forward to growing older and being allowed more responsibility in making the tamales for the family's Christmas celebrations.
    ISBN 978-1-55885-493-2 (alk. paper)
    [1. Growth—Fiction. 2. Cookery—Fiction. 3. Hispanic Americans—Fiction. 4. Spanish language materials—Bilingual.] I. Ward, April, ill. II. Ventura, Gabriela Baeza III. Title. IV. Title: Los tamales de Ana.
PZ73.Z36 2008
[E]—dc22

2007061477
CIP

Printed in China in November 2010–January 2011 by Creative Printing USA Inc.
12 11 10 9 8 7 6 5 4 3

For my Aunt Sylvia, who taught me to do the *masa*.
—*GZ*

For my big sister Amy.
—*AW*

Para mi tía Sylvia quien me enseñó a hacer la masa.
—*GZ*

Para Amy, mi hermana mayor.
—*AW*

My name is Ana. Every year, my family makes tamales for Christmas.

This year, I am six, so I get to mix the dough, which is made of cornmeal.

My sister Lidia is eight, so *she* gets to spread the dough on the corn husk leaves.

I wish I was eight, so that my hands would be big enough to spread the dough just right—not too thick and not too thin.

Me llamo Ana. Cada año, mi familia hace tamales para la Navidad.

Este año, tengo seis años. Así es que me toca mezclar la masa que está hecha de harina de maíz.

Mi hermana Lidia tiene ocho años. Así es que a *ella* le toca embarrar la masa en las hojas de maíz.

Me gustaría tener ocho para que mis manos fueran tan grandes como para embarrar la masa justo como debe ser —ni mucha ni poca.

When I turn eight, I will be big enough to do many new things. I will read big words. I will reach high places. I will ride my bike without training wheels.

And when Christmas comes around . . .

Cuando cumpla los ocho, seré bastante grande como para hacer muchas cosas nuevas. Leeré palabras largas. Alcanzaré lugares altos. Andaré en mi bicicleta sin las rueditas de entrenamiento.

Y cuando llegue la Navidad . . .

I will spread the dough on the corn husks.

But when I am eight, Lidia will be ten. So *she* will get to fill and roll the tamales.

I wish I was ten, so I could know just the right amount of meat to put inside—not too much and not too little.

Yo embarraré la masa en las hojas de maíz.

Pero cuando yo tenga ocho, Lidia tendrá diez. Así es que *ella* llenará y enrollará los tamales.

Quisiera tener diez, para saber exactamente la cantidad de carne que se debe poner adentro —ni mucha ni poca.

When I turn ten, I will know so many things. I will know all the words to the songs on the radio. I will know all fifty states. I will know all the names of the birds that sing from the trees as I ride my bike to school.

And when Christmas comes around . . .

Cuando cumpla los diez, sabré muchas cosas. Sabré todas las palabras de las canciones de la radio. Sabré los nombres de los cincuenta estados. Sabré todos los nombres de los pájaros que canten en los árboles camino a la escuela en mi bicicleta.

Y cuando llegue la Navidad . . .

I will fill and roll the tamales.

But when I am ten, Lidia will be twelve. So *she* will get to steam the tamales.

I wish I was twelve, so I wouldn't be scared of burning myself with the hot, hot steam.

Yo llenaré y enrollaré los tamales.

Pero cuando cumpla los diez, Lidia tendrá doce. Así es que a *ella* le tocará cocer los tamales al vapor.

Me gustaría tener doce para que no me diera miedo quemarme con el vapor caliente, caliente.

When I turn twelve, I won't be scared of anything. I won't be scared of the shadows in our room at night. I won't be scared of bees. I won't be scared of Mrs. García's dog when it chases my bike.

And when Christmas comes around . . .

Cuando cumpla los doce, no le tendré miedo a nada. No les tendré miedo a las sombras en nuestra recámara por la noche. No les tendré miedo a las abejas. No le tendré miedo al perro de la señora García cuando me persiga.

Y cuando llegue la Navidad . . .

I will steam the tamales.

But when I am twelve, Lidia will be fourteen. So *she* will get to chop and cook the meat for the tamales.

I wish I was fourteen, so Mami would trust me with the stove and the knife.

Yo coceré los tamales al vapor.

Pero cuando cumpla los doce, Lidia tendrá catorce. Así es que a *ella* le tocará cortar y cocinar la carne para los tamales.

Me gustaría tener catorce para que Mami me dejara usar la estufa y el cuchillo.

When I turn fourteen, people will trust me with everything.

My cousins will let me carry their babies without having to sit on the couch. Papi will let me water his plants by myself. When we stop at the gas station, Mami will let me work the credit card buttons and pump the gasoline.

And when Christmas comes around . . .

Cuando cumpla los catorce, la gente me tendrá confianza para todo.

Mis primos me dejarán cargar a sus bebés sin tener que sentarme en el sillón. Papi me dejará regar sus plantas yo solita. Cuando vayamos a la gasolinera, Mami me dejará presionar los botones para pagar con la tarjeta de crédito y me dejará poner gasolina.

Y cuando llegue la Navidad . . .

I will chop and cook the meat.

But when I'm fourteen, Lidia will be sixteen. So *she* will get to drive to the store and buy the meat, the corn husks, and the cornmeal, while Mami sits in the car and watches. And when we finish cooking the tamales, Lidia will get to deliver them to Grandma, our cousins, and our neighbors.

I wish I was sixteen, so I could drive Mami's car.

Yo cortaré y cocinaré la carne.

Pero cuando cumpla los catorce, Lidia tendrá dieciséis. Así es que *ella* manejará a la tienda a comprar la carne, las hojas y la harina de maíz, mientras que Mami se sienta en el carro y observa. Y cuando terminemos de cocinar los tamales, Lidia los entregará a Abuela, a nuestros primos y a nuestros vecinos.

Me gustaría tener dieciséis para conducir el auto de Mami.

When I turn sixteen, I will drive everywhere. I will drive to the movies every weekend. And I will drive to the ice cream shop so Mami and I can share a banana split.

And when Christmas comes around . . .

Cuando cumpla los dieciséis, manejaré a todos lados. Iré al cine todos los fines de semana. Iré a la heladería para compartir con Mami una banana split.

Y cuando llegue la Navidad . . .

I will drive to the store and deliver tamales.

But when I am sixteen, Lidia will be eighteen. So *she* will . . . what will she do? Will she have a job? Will she go to school far away? Will she live in her own house and make her own tamales?

I wish I was eighteen.

Yo manejaré a la tienda y entregaré los tamales.

Pero cuando cumpla los dieciséis, Lidia tendrá dieciocho. Así es que *ella* . . . ¿qué hará? ¿Trabajará? ¿Irá a la escuela lejos? ¿Vivirá en su propia casa y preparará sus propios tamales?

Me gustaría tener dieciocho años.

What will I do when I turn eighteen?
I know. I will keep making tamales.
I will buy the cornmeal, the corn husks, and the meat. I will mix and spread the dough. I will cook the meat. I will roll and steam the tamales. I will do it all in my very own factory.

¿Qué haré yo cuando cumpla los dieciocho?
Ya sé. Seguiré preparando tamales.
Compraré la harina de maíz, las hojas y la carne. Mezclaré la masa y embarraré las hojas. Cocinaré la carne. Los enrollaré y coceré al vapor. Haré todo en mi propia fábrica.

And when Christmas comes around, I will deliver tamales to Grandma, to my cousins, to my neighbors, and to all my customers around the world, in delivery trucks that say "Ana's Tamales."

Y cuando llegue la Navidad, les llevaré tamales a Abuela, a mis primos, a mis vecinos y a todos mis clientes por todo el mundo en camiones con un letrero que dirá "Ana's Tamales".

And when I am eighteen, Lidia will be twenty. If she wants to, she can come and work for me.

Y cuando cumpla los dieciocho, Lidia tendrá veinte. Si quiere, ella puede venir a trabajar conmigo.

Gwendolyn Zepeda lives in Houston with her three sons and her cat. When she was a little girl, she liked to read, play outside with her brothers and help her aunt in the kitchen. She still likes to read and now she writes books. She wrote *Growing Up with Tamales / Los tamales de Ana* (Piñata Books, 2008), *Sunflowers / Girasoles* (Piñata Books, 2009) and *I Kick the Ball / Pateo el balón* (Piñata Books, 2010). She hopes you like them.

Gwendolyn Zepeda vive en Houston con sus tres hijos y su gato. Cuando estaba pequeña, le gustaba leer, jugar afuera con sus hermanos y ayudarle a su tía en la cocina. Aún le gusta leer y ahora escribe libros. Escribió *Growing Up with Tamales / Los tamales de Ana* (Piñata Books, 2008), *Sunflowers / Girasoles* (Piñata Books, 2009) y *I Kick the Ball / Pateo el balón* (Piñata Books, 2010). Espera que les gusten.

April Ward was born and raised in the beautiful Pacific Northwest. She discovered a love of drawing and painting early in life, which led her to move to New York City shortly after graduating high school. She received a Bachelor of Fine Arts from Pratt Institute in Brooklyn, New York, and has been working in children's book publishing ever since. April currently lives in San Diego, California, and works as a designer when not illustrating books. She illustrated *Juan and the Chupacabras / Juan y el Chupacabras* (Piñata Books, 2006) and *Butterflies on Carmen Street / Mariposas en la calle Carmen* (Piñata Books, 2007).

April Ward nació y creció al noroeste del bello océano Pacífico. Descubrió su amor por el dibujo y la pintura a muy temprana edad, lo que la motivó a mudarse a Nueva York inmediatamente después de graduarse de la preparatoria. Se recibió del Instituto Pratt en Brooklyn, Nueva York, con un título en arte, y ha estado trabajando en la industria de los libros para niños desde entonces. April actualmente vive en San Diego, California, y trabaja como diseñadora cuando no está ilustrando libros. Ilustró *Juan and the Chupacabras / Juan y el Chupacabras* (Piñata Books, 2006) y *Butterflies on Carmen Street / Mariposas en la calle Carmen* (Piñata Books, 2007).